Chers amis  bienvenue dans le monde de

Geronimo Stilton

LA RÉDACTION
DE L'*ÉCHO DU RONGEUR*

1. Clarinda Tranchette
2. Sucrette Fromagette
3. Sourine Rongeard
4. Soja Souriong
5. Quesita de la Pampa
6. Sourisia Souriette
7. Gigio Sourigo
8. Sourcette Pattoune
9. Pina Souronde
10. Honoré Tourneboulé
11. Val Kashmir
12. Traquenard Stilton
13. Farine de Muscolis
14. Zap Fougasse
15. Margarita
    Gingermouse
16. Sourina Sha Sha
17. Rabert Rabol
18. Ralf des Charpes
19. Téa Stilton
20. Coquillette Radar
21. Pinky Pick
22. Yaya Kashmir
23. Sourisette Von Draken
24. Chantilly Kashmir
25. Blasco Tabasco
26. Souphie Saccharine
27. Raphaël Rafondu
28. Larry Keys
29. Mac Mouse
30. Geronimo Stilton
31. Benjamin Stilton
32. Sourinaute Sourceau
33. Souvnie Sourceau

www.geronimostilton.com

Texte de Geronimo Stilton
Illustrations de Matt Wolf
Maquette de Margarita Gingermouse
Traduction de Titi Plumederat

Les noms, personnages et intrigues de Geronimo Stilton sont déposés. Geronimo Stilton est une marque commerciale, propriété exclusive des Éditions Piemme S.P.A. Tous droits réservés.

Pour l'édition originale :
© 2000 Edizioni Piemme S.P.A. Via del Carmine, 5 – 15033 Casale Monferrato (AL) – Italie
sous le titre *Il misterioso manoscritto di Nostratopus*
Pour l'édition française :
© 2003 Albin Michel Jeunesse – 22, rue Huyghens – 75014 Paris – www.albin-michel.fr
Loi 49 956 du 16 juillet 1949 sur les publications destinées à la jeunesse
Dépôt légal : second semestre 2003
N° d'édition : 13221/2
ISBN : 2 226 14060 3
Imprimé en France par l'imprimerie Clerc à Saint-Amand-Montrond

Geronimo Stilton

LE MYSTÉRIEUX MANUSCRIT DE NOSTRARATUS

ALBIN MICHEL JEUNESSE

GERONIMO STILTON
SOURIS INTELLECTUELLE,
DIRECTEUR DE *L'ÉCHO DU RONGEUR*

TÉA STILTON
SPORTIVE ET DYNAMIQUE,
ENVOYÉE SPÉCIALE DE *L'ÉCHO DU RONGEUR*

TRAQUENARD STILTON
INSUPPORTABLE ET FARCEUR,
COUSIN DE GERONIMO

BENJAMIN STILTON
TENDRE ET AFFECTUEUX,
NEVEU DE GERONIMO

LA SOURIS
QUI FAIT SOURIRE...

Bien, bien, bien, par où vais-je commencer ?
Tiens : je vais me présenter. Mon nom est
Stilton, *Geronimo Stilton !*
Je suis la souris *qui fait
sourire* : je dirige *l'Écho
du rongeur*, le quotidien
le plus diffusé de l'île des
Souris.
Par mille mimolettes...
ça a commencé comme
ça, un mardi après-
midi, à la rédac-
tion de mon
journal...

Dehors régnait un **FROID** de canard, mais on était bien au chaud dans les bureaux de ma maison d'édition.

Le feu crépitait dans la cheminée : ah, comme il faisait bon !

Sirotant un thé bouillant, bien sucré, je grignotais une lichette de cantal bien sec avant de me remettre au travail.

Factures, contrats, reçus : je vérifiais la comptabilité de ma maison d'édition.

Ainsi, ce mardi-là, tout était normal, calme, paisible, quand soudain…

Une petite voix stridente me transperça les tympans et me fit sursauter sur mon siège.

– **CHEEEF !** couina Pinky, mon assistante.

– Ne crie pas, je t'en prie ! marmonnai-je. Et ne m'appelle pas **CHEF** !

Elle sautilla jusqu'à mon bureau en esquissant un pas de **RAP** avec la queue.

Je remarquai qu'elle avait (comme toujours) sous le bras son énorme agenda couleur fraise, recouvert de fourrure de chat synthétique.

– CHEF, **CHEF, CHEF !** Je viens
d'avoir une de ces idées géniales dont j'ai le
secret. Tu veux savoir ? **CHEF ?** Hein ? Tu
veux entendre ? **CHEEEEEEEEEEEF !**

– On ne peut pas en parler plus tard ? Je travaille ! répliquai-je, agacé.

– **CHEF**, c'est urgent, archi-urgent !

– *Scouit !* soupirai-je. Je t'en prie, ne crie pas, je
n'ai pas les oreilles remplies de fromage !

– **CHEF**, j'ai eu une idée, poursuivit-elle sur un
ton de comploteuse. Une idée explosive !!!
hurla-t-elle en me crevant le tympan droit.

Je sursautai, bondis de mon siège et tombai à la
renverse en entraînant dans ma chute une pile de
factures.

– Bon, d'accord, je t'écoute ! criai-je, exaspéré,
en ramassant les feuilles éparpillées par terre.

– **CHEF**, il faut absolument que nous par-
ticipions à la Foire du livre de Roquefort ! Il

faut se renseigner sur les dernières TENDANCES : les couleurs, le graphisme, les titres, les couvertures... Nous allons

rencontrer tous les éditeurs qui comptent, tu m'entends, **CHEEEEEEEFFFFFFFFF ?** Je soupirai.

– Je vois, c'est intéressant, mais je n'ai pas le **TEMPS** de m'en occuper.

– Pas de problème, **CHEF**, je me charge de tout, **CHEF** ! ricana Pinky, en sortant de mon bureau, vive comme un rat.

Du coin de l'œil, je vis qu'elle feuilletait d'un air satisfait son énorme agenda couleur fraise.

Puis je l'entendis chicoter à voix basse dans son téléphone portable. Quoi ? Elle chuchotait ? Par mille mimolettes, pourquoi Pinky ne criait-elle qu'avec moi ?

Je me remis au travail, de plus en plus fatigué.

Hélas, il y avait une erreur dans les comptes. Une grosse erreur !

Je travaillai toute la nuit.
Et je finis par m'endormir, épuisé, le
museau dans mes papiers.

POURQUOI, POURQUOI, POURQUOI ?

Je me réveillai en SURSAUT.

Quelqu'un était en train de me crier dans les oreilles :

– **Debouuut !** On part !

– Debout ? Comment ça, debout ? Qui part ? demandai-je, hébété.

Pinky me fit un clin d'œil.

– *Nous* partons, **CHEF**. Content ?

– Ah ? Partir ? Pourquoi ? questionnai-je, perplexe.

– Allez, **CHEF**, tu es prêt ? J'ai déjà appelé un taxi ! dit-elle d'un ton sévère, en montrant la pendule.

– Je ne suis pas prêt ! Je ne sais même pas où nous sommes censés aller ! hurlai-je, exaspéré.

– **CHEF**, tu sais bien où nous allons. À Roquefort ! répliqua-t-elle, paisible, en se lissant les oreilles. Puis elle secoua sous mon museau des billets d'avion pour Roquefort : elle avait tout prévu.

J'avais envie de pleurer.

Pourquoi, pourquoi, pourquoi ai-je engagé cette souris ?

P.-S. Pinky Pick a treize ans, elle adore surfer sur Internet, elle a une foule d'amis, elle connaît toutes les tendances, quand elle sera grande, elle veut être vidéo-jockey ! Si vous voulez en savoir plus sur elle, son histoire est racontée dans mon livre : Mon nom est Stilton, Geronimo Stilton !

AIE CONFIANCE, CHEF !

– Je ne pars pas ! Il faut absolument que je finisse de vérifier les comptes ! répliquai-je, décidé.

Pinky consulta son énorme agenda couleur fraise.

– **CHEF**, j'ai déjà prévu la solution (je suis géniale, non ?). J'ai trouvé un CFG (CONSEILLER FINANCIER GLOBAL). C'est un rongeur-compteur, qui s'y connaît, **CHEF**.

Je réfléchis.

– Euh, CONSEILLER FINANCIER ? GLOBAL ? Bon, ce n'est peut-être pas une mauvaise idée... C'est lui qui s'occupera des comptes. Je peux avoir confiance ?

Pinky eut un petit sourire de pitié.

– Bien sûr. Il sait tout faire. Sinon, pourquoi s'appellerait-il GLOBAL ? Aie confiance, **CHEF**.
– Combien ça va me coûter ? demandai-je, méfiant.
Elle cligna de l'œil, d'un air rusé.
– Il te fera un prix GLOBAL , **CHEF** !
Avant que j'aie pu répliquer, elle me fit un croche-patte qui me propulsa dans une camionnette *déglinguée* qui stationnait devant la porte.
– Et c'est parti ! s'exclama-t-elle.
À l'intérieur du véhicule régnait un désordre effroyable. Des livres poussiéreux, des papiers gribouillés d'une incompréhensible *calligraphie*, des notes punaisées çà et là, et une forte odeur de café…

AVEC QUELLE PATTE ?

La camionnette démarra sur les **CHAPEAUX DE ROUE** et s'élança *À TOMBEAU OUVERT* sur l'autoroute.

– Mais ce n'est pas un taxi ! protestai-je.

Le drôle de type qui conduisait se *retourna pour me saluer.*

– Je m'appelle Van Ratten, Soury Van Ratten ! déclara-t-il d'une voix grave, en me tendant avec cordialité une **GROSSE PATTE VELUE**. Puis il sortit (d'où ? je ne sais pas) un rouleau de parchemin.

– Vous êtes Stilton, l'éditeur ? J'ai ici un **vieux** manuscrit qui vous intéressera, étant donné que vous vous occupez de *Culture*, hurla-t-il en me tendant le rouleau de la patte droite.

Une pensée terrifiante se faufila dans mon esprit. Je calculai rapidement : de la patte droite, il me tendait le rouleau ; de la gauche, il serrait la mienne... donc, avec quelle patte tenait-il le volant ??? Et en plus c'est moi qu'il regardait, pas la route !!!
– Je vous en supplie, n'oubliez pas de conduire ! criai-je, désespéré.

Il se retourna et reprit le volant juste à temps pour éviter un semi-remorque. Comme si de rien n'était, il chicota, en **grignotant** un chocolat au café :

– … Mon cher Stilton, je connais votre production éditoriale, c'est faiblard du point de vue *Culturel*, mais je sais comment arranger cela, j'ai déjà des idées, par exemple, ce manuscrit…

– Mais qu'est-ce que c'est que ce détraqué, demandai-je à voix basse à Pinky.

Elle répondit fièrement :

– C'est mon oncle ! J'ai eu une idée supergéniale : tu vas l'engager comme CC, comme CONSEILLER CULTUREL !

SOURY VAN RATTEN

C'EST BIEN
STILTON !

Soury sortit son passeport de sa poche, l'ouvrit, observa la page d'un air soucieux, puis s'exclama :

– CHAPERLIPOPETTE !

Il fronça les sourcils et approcha le museau du passeport.

– Les moustaches m'en tombent, je n'arrive pas à voir si le timbre fiscal a été tamponné…

La camionnette fit une embardée périlleuse.

– ATTENTiOOOON ! criai-je, terrorisé.

Je me jetai sur le volant, mais, vif comme l'éclair, Soury avait redressé la situation.

– Du calme, du calme, Stilton, me rassura-t-il, il y a bien le coup de tampon ! Ne vous agitez pas comme ça !

La camionnette fit une embardée périlleuse.

Je l'entendis qui murmurait à Pinky :
– Il est bien nerveux, ton **CHEF** !
Puis il poursuivit, tout GUILLERET :
– L'avion décolle dans deux heures : nous avons
le temps d'arriver, de grignoter un morceau, de
boire un petit café ; non, pas de café pour vous,
Stilton, vous êtes déjà trop nerveux…
Pinky jeta un coup d'œil à sa montre vert fluo,
examina les billets d'avion, regarda de nouveau
sa montre et poussa un cri :

– Tonton Soury, l'avion décolle dans une demi-heure !

Soury lâcha le volant des deux pattes, fit un geste de la gauche pour demander le silence, se donna une tape sur le front de la droite.

– J'ai compris ! Il n'est pas 15 h 12, mais 16 h 12. Je n'ai pas réglé ma montre quand on est passé à l'heure d'hiver !

Je pâlis : mais pourquoi ne laissait-il pas les pattes sur le volant ?

– N'oubliez pas de conduire, je vous en supplie !

Puis je précisai : Mais ça fait quatre mois qu'on est passé à l'heure d'hiver !

Il hurla :

– Chaperlipopette ! Aaaah, comme le temps passe ! Allez, n'ayez pas peur, je vais arranger ça.

Combien on parie qu'on ne rate pas l'avion ?

Il enfonça la patte sur l'accélérateur et la camionnette bondit en avant en rugissant comme un félin.

– *Scouiiit !* implorai-je. Je veux descendre !

Pinky me rassura :

– Mon oncle contrôle la situation, **CHEF** ! Puis elle déclencha le chronomètre qu'elle porte toujours accroché au cou.

Soury zigzaguait à une vitesse folle entre les véhicules, chantant de sa voix de basse un air d'opéra :

– *En avant, pan pan, en avant, pan pan !*

Pinky tambourinait de ses petites pattes sur le tableau de bord et chantonnait, d'un air inspiré :

– Porompompom… porompompom… porompompom…

Huit minutes plus tard, nous étions arrivés.

J'ai bien dit huit minutes : pas une de plus.

Sur le parking, Soury vit quelqu'un qui allait se garer sur la seule place libre et lui cria :

– Attention, vous avez un pneu crevé !

L'autre, perplexe, se pencha à la portière pour vérifier ; rapide comme un rat, Soury en

Soury zigzaguait à une vitesse folle entre les véhicules, chantant de sa voix de basse un air d'opéra.

profita pour lui prendre la seule place libre .

– Mission accomplie ! couina-t-il, satisfait.

En descendant de la camionnette, je relevai le col de mon manteau pour cacher mon museau, ROUGE DE HONTE. L'autre automobiliste nous criait des mots que je ne peux pas répéter.

Nous nous précipitâmes dans l'aéroport en traînant nos valises.

Le haut-parleur annonça :

– Dernier appel pour Roquefort ! Dernier appel !

Nous traversâmes le hall au pas de course, pendant que Soury braillait :

– **Place, place !** Laissez-nous passer ! Poussez-vous, quoi !

J'entendis des murmures de protestation :

– Mais qui est ce *rongeur fonceur* si mal élevé ???

– Ce ne serait pas Stilton, l'éditeur ?

– Tu as raison, c'est bien lui !

– Oui, c'est bien Stilton, Geronimo Stilton !

J'essayai de cacher mon museau derrière ma valise, pour qu'on ne me reconnaisse pas.

Devant le comptoir d'embarquement, Soury cria :

– Laissez passer une **V. I. P.**, une personnalité

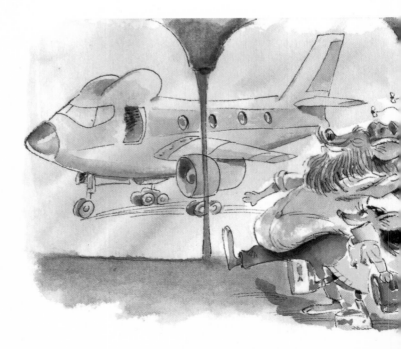

très importante, l'éditeur Stilton ! Et nous sommes avec lui ! Puis il passa devant tout le monde. J'essayai de l'arrêter : trop tard !

Quelqu'un protesta :

– Qu'est-ce que c'est que ce zigoto qui ne veut pas faire la queue comme les autres ?

– Vraiment ? Mais qui est-ce ?

– Voyez-vous cela ! C'est Stilton, Geronimo Stilton !

– Qui l'aurait cru ! Il avait l'air d'un rongeur comme il faut, *un intellectuel...*

– Au contraire, c'est un vrai malappris !

– Quel comportement scandaleux !

– Vraiment, il devrait avoir honte, ce monsieur Stilton !

– Et regardez un peu les énergumènes qu'il fréquente !

Dans la foule, je remarquai un photographe de *la Gazette du rat*, le journal concurrent de

l'Écho du rongeur. L'occasion était trop belle : il s'en léchait les babines en prenant des photos en rafale. J'imaginais déjà les gros titres à la une, le lendemain : *L'ÉDITEUR GOUJAT FAIT SCANDALE À L'AÉROPORT !*

Comme les murmures de protestation enflaient, Soury subtilisa la béquille d'un rongeur qui avait une jambe dans le plâtre et me la coinça sous l'aisselle.

– L'éditeur Stilton est quasi invalide ! Et il souffre, il souffre atrocement ! dit-il en me donnant un coup de patte dans les mollets qui m'arracha un hurlement.

– Vous entendez ses gémissements ? ajouta-t-il.

Il prit nos cartes d'embarquement et me transporta sur un chariot, comme un bagage, après avoir attrapé au vol une tasse de café au bar.

AVEC UN TEL MUSEAU...

À ce moment, j'entendis crier :

– **Halte ! Ah, crapule, je te tiens enfin !**

Un policier qui brandissait une photo d'identité arrêta Soury.

– Et tu comptais passer inaperçu avec un tel museau de délinquant ?

Puis il m'apostropha, d'un air sévère :

– Vous connaissez ce rongeur de malheur ?

– Mais, moi, oui, enfin non, peut-être, d'une certaine manière, euh... balbutiai-je.

Soury fut emmené sous bonne escorte.

Et nous avec lui. Le photographe de *la Gazette du rat* en profita pour prendre d'autres clichés.

J'imaginais le titre :

SCANDALE À SOURISIA !!! L'ÉDITEUR STILTON ARRÊTÉ À L'AÉROPORT POUR COMPLICITÉ AVEC UN DANGEREUX TERRORISTE !

Bien des heures plus tard (évidemment, nous avions raté l'avion), la police comprit que Soury était la copie conforme d'un dangereux terroriste recherché depuis des années. Enfin on nous laissa partir. Mais j'étais tout **tourne-boulé**, parce que :

a) *j'avais dû faire réparer mes branches de lunettes avec du ruban adhésif* (Soury s'était assis dessus) ;

b) *j'avais été obligé de laver mon billet d'avion et de le faire sécher au sèche-cheveux* (Soury avait renversé son café dessus) ;

c) *je m'étais retrouvé à l'infirmerie* (Soury m'avait coincé la queue dans une porte coulissante) ;

d) *on avait perdu ma valise* (Soury l'avait déposée au mauvais comptoir).

Culture AVEC UN *C* MAJUSCULE

L'avion avait à peine *décollé* que Pinky ferma les yeux et se mit à ronfler.

Soury, lui, commença à bavarder, en sirotant un **triple café glacé**.

– Vous voyez, mon cher Stilton, je crois beau-

coup, mais vraiment **BEAUUUU-COUP**, en la culture, mais attention, la *Culture* avec un *C* majuscule, pas ces ordures qu'on lit dans les journaux, par

exemple dans ce torchon, comment s'appelle-t-il, *l'Écho du rongeur*, ah bon, vraiment, c'est vous qui publiez ça ? Bravo, je me demande où vous trouvez le courage d'imprimer de pareilles inepties, comment se fait-il que vous n'ayez pas fait faillite, *ha ha ha*, mais de toute façon c'est ce que les gens demandent, des i-nep-ties, pas la *Culture* avec un *C* majuscule, pas de risques, mais je vais vous expliquer, moi, ce qu'il faut que vous publiiez, par exemple, ce manuscrit dont je vous parlais...

Soury parla durant tout le voyage, agitant sous mon museau ce mystérieux manuscrit et buvant café sur café. À l'arrivée, j'étais hagard, j'avais l'air d'un fou et le regard halluciné. Lui, au contraire, paraissait frais et dispos.

Il s'étira.

– Stilton, que diriez-vous d'un bol de *fondue à l'ail* ? Un petit en-cas robuste pour se remonter le moral ?

J'avais la nausée rien que d'y penser. Il était huit heures du matin ! Il s'arrêta au buffet et, tout en ingurgitant des bolées de fondue bouillante, **glapit** :

– Aaah, quel régal ! Voilà ce que j'appelle de la *Fondue* avec un *F* majuscule !

Pinky, elle, se contenta d'un hot-dog géant au paprika et d'un super milk-shake au roquefort et au piment rouge. Comme ils se ressemblaient !

VOILÀ CE QUE J'APPELLE LA VIE !

Le taxi s'arrêta devant le *Souritz*, l'hôtel le plus LUXUEUX de la ville.

Un concierge à l'air snob chicota :

– Monsieur Stilton ? Les suites princières que vous avez réservées sont prêtes !

Perplexe, je me retournai vers Pinky pour lui demander une explication, mais au même moment arriva le directeur, un certain **Reblochon de Roquefort**, une souris sophistiquée qui parlait avec un drôle d'accent, comme si elle avait eu une pince à linge sur le bout du museau.

– *Enchantê*, je suis três hônôrê que vous ayez choîsî nôtre hôtêl ! Si vous voulez bien me suivre…

Le Souritz *était l'hôtel le plus luxueux de la ville…*

Il nous conduisit jusqu'à une porte somptueuse sur laquelle étaient gravés les mots : *Suite Royale*.

Avant que j'aie pu protester, il avait déjà ouvert la porte, annonçant d'un ton solennel :

– La chambre de *Mâdemoîsêlle* Pinky !

C'était un immense salon avec des fenêtres **gothiques** et des colonnes de marbre un peu partout.

– *Voilâ :* sâlle de bains avec minipiscine, lit avec stêrêo intêgrêe, et surtout la mégâstâtion de jeux vidéô avec super écran géant murâl, cômme Mâdemoîsêlle l'avait demandê !

– WAOUH ! s'exclama Pinky, radieuse.

J'EN AVAIS DES SUEURS FROIDES. Combien tout cela allait-il me coûter ? Je m'apprêtais à dire quelque chose (je ne sais pas exactement quoi), mais Reblochon se dirigeait déjà vers une autre porte : cette fois, c'était la *Suite Impériale* !

La chambre de Mâdemoîsêlle *Pinky !*

Pinky me fit un clin d'œil.

– Rien n'est jamais trop beau pour toi, **CHEF** ! chicota-t-elle.

Le directeur la regarda avec sympathie.

– On voit que cêtte chêre jeune fîlle vous âdmîre, qu'êlle est heûreûse de trâvailler poûr vous… *Et voilâ !*

La porte s'ouvrit sur un salon encore plus grand, avec un plafond à voûtes couvert de fresques.

– Euh, c'est là que je dors ? demandai-je, incrédule.

– Non, c'est là que **NOUS** dormons ! me corrigea Soury.

– **NOUS ?** couinai-je, interdit.

Soury me tapa familièrement de la patte sur l'épaule.

– Voyez-vous, mon cher Stilton, ici, c'est **MA** chambre. Pour vous, Pinky avait demandé la *Suite Méga-Galactique*, encore plus prestigieuse. Hélas, elle était déjà réservée ! Aussi,

très cher, je vous héberge dans ma suite. J'espère que vous appréciez mon geste, Stilton ! Parce que, pour moi, c'est un sacrifice tout de même !

Reblochon commenta :

– Ah, quêlle gênêrôsité !

J'étais complètement interloqué. J'essayai de me dérober :

– Euh, merci, je suis très honoré, mais n'y aurait-il pas une petite chambrette rien que pour moi ?

Soury se vexa.

– Vous refusez mon hospitalité ? Je pue, peut-être ? C'est ça ? *JE PUE ?*

– Mais non, pas du tout, vous ne puez pas ! me hâtai-je de répondre.

Soury me poussa dans la suite et chicota à Pinky :

– À tout à l'heure !

Il referma la porte, prit son élan et se jeta sur le lit en hurlant :

– Voilà ce que j'appelle la *Vie* avec un *V* majuscule !

WAOUH ! WAOUH ! WAOUH !

Soury était un compagnon de chambre EXÉ-CRABLE.

Il oubliait toujours de refermer le robinet de la baignoire, et c'était moi qui devais le surveiller pour éviter les inondations. En plus, il ne dormait que trois ou quatre heures par nuit. Normal : il buvait du café à longueur de journée ! Il avait même demandé qu'on lui monte un percolateur dans la chambre ! Tous les quarts d'heure, il couinait :

Tiens, je me préparerais bien un petit café, moi !

Il ingurgitait le breuvage bouillant d'un seul trait, comme s'il avait eu l'estomac tapissé d'amiante. En plus, il ronflait, ah, qu'est-ce qu'il RONFLAIT !

Je passai une nuit épouvantable. Le lendemain matin, je me levai **complètement épuisé**. Mais comme je suis un *rongeur à l'heure*, à huit heures tapantes j'étais dans le hall, prêt à partir pour la Foire du livre ; Soury devait nous rejoindre plus tard. Pinky monta avec moi dans un taxi et murmura quelque chose à l'oreille du chauffeur. Il démarra sur les chapeaux de roue. Je me détendis, en pensant aux rendez-vous qui m'attendaient, aux clients que je devais rencontrer pour mes affaires... Dix minutes plus tard, le taxi pila net devant un panneau portant l'inscription **WAOUH ! WAOUH ! WAOUH !**

Pinky sauta hors de la voiture.

– Où vas-tu ? questionnai-je, étonné.

– Je vais me mettre à la page, **CHEF** ! cria-t-elle en détalant vers la billetterie.

Je restai interdit.

– Quoi quoi quoi ? demandai-je en lui courant derrière.

… un panneau portant l'inscription Waouh ! Waouh ! Waouh !

Un passant m'expliqua que j'étais dans le plus grand **parc d'attractions** de la ville. J'avais presque rejoint Pinky, quand elle entra dans la première attraction, le sens dessus dessouris du fromagité.

Je remarquai qu'une ambulance était garée près de l'entrée. Je me demandais pourquoi, quand je vis que Pinky sautait dans un wagonnet en forme de tasse. Je la suivis en criant :

– Pinky, attends !

Mais une bande de chenapans hurleurs me bouscula : je trébuchai et basculai dans la tasse suivante.

Pinky se retourna, me vit et me fit **OK** en levant le pouce. C'est alors que les tasses entrèrent dans un tunnel plus noir que la gueule d'un chat, tandis qu'un haut-parleur diffusait cette rengaine (sans

Les tasses montaient et descendaient, pivotaient sur elles-mêmes à une vitesse vertigineuse, dans un sens, puis dans l'autre...

doute écrite par un sadique) : *C'est dément, dément, dément. Tu vas passer un sale moment. Tu seras tout défiguré en sortant. Tu pourras toujours appeler ta maman !*

Et ce fut le début d'un vrai cataclysme. Les tasses montaient et descendaient dans l'obscurité la plus totale, pivotaient sur elles-mêmes à une vitesse vertigineuse, dans un sens, puis dans l'autre, tordant comme des torchons les rongeurs imprudents qui (comme moi) avaient osé s'y installer.

La rengaine continuait : *Tu mérites qu'on t'écrabouille, qu'on te transforme en purée de citrouille !*

Mon estomac se retournait comme une vieille chaussette. Enfin, nous revînmes à l'air libre.

À la sortie du **Sens dessus dessouris du fromagité**, l'infirmière de la Croix-Jaune ranima les rongeurs évanouis, en agitant sous leur museau une lichette de gruyère bien affiné.

En descendant de la tasse, j'étais blanc comme un camembert. Je vis avec horreur que Pinky courait vers une autre attraction, **LA TANIÈRE DU CHAT FANTÔME !**

LA TANIÈRE
DU CHAT FANTÔME

À ce moment, j'entendis une voix dans mon dos :

– Stilton ! Vous ici ?

Je me retournai : c'était Épiphane Souriche, un éditeur spécialisé dans les livres pour enfants.

– Euh, bonjour Souriche, le saluai-je. Vous êtes venu à la Foire du livre ?

Il tenait par la patte une petite souris de cinq ans environ.

– J'accompagne mon petit-fils, expliqua-t-il. Il paraît que **LA TANIÈRE DU CHAT FANTÔME** est une expérience intéressante, qu'il ne faut rater sous aucun prétexte ! Vous venez avec nous, Stilton, hein ?

… c'était Épiphane Souriche, avec son petit-fils…

– Euh, je crois que je vais attendre dehors, murmurai-je.

Pinky, qui avait tout de suite compris la situation, intervint :

– Je suis Pinky Pick, l'assistante éditoriale de monsieur Stilton. Je lui disais justement qu'il faut absolument essayer cette nouvelle attraction très tendance...

Souriche approuva, d'un air convaincu.

– Bravo, bravo, elle a raison, il faut toujours se tenir informé, comprendre ce qui plaît aux jeunes ! Stilton, vous avez de la chance d'avoir une collaboratrice aussi intelligente ! Vous êtes un sacré veinard, même ! Allez, entrons, je suis pressé de voir cela ! Il paraît que c'est une expérience absolument TERRI-FIANTE...

Nous nous dirigeâmes vers l'entrée. J'étais au bord de l'évanouissement...

Je me laissai glisser sur un siège en fourrure de chat, DÉSESPÉRÉ.

Je fus saisi d'horreur : à la place de la barre de sécurité, deux pattes de félin refermèrent leurs griffes sur moi !

Le wagonnet pénétra dans un tunnel obscur.

Brusquement, le squelette d'un chat vint se BALANCER sous mon museau.

Un haut-parleur hurla dans mes oreilles un miaulement crève-tympans enregistré.

Miaaa ooooo uuuuu

Puis je me retrouvai en face d'un hologramme de **CHAT** si réaliste que mes moustaches en tremblaient de peur...

Une griffe d'acier qui sortait du plafond m'effleura les oreilles et m'arracha les lunettes du museau.

D'un coup, une **Ombre féline** s'étira sur le mur devant nous, comme si un chat monstrueux s'était élancé à nos trousses. Je hurlai :

– *Scouiiit !*

Pinky commenta :

– Calme-toi, **CHEF**, ce n'est qu'une illusion d'optique !

Puis nous fûmes aspergés par un liquide jaunâtre. Je m'écriai, écœuré :

– Qu'est-ce que c'est ? *Du pipi de chat ?*
– Mais non, m'expliqua le petit-fils d'Épiphane d'un ton de supériorité, ce n'est que de l'eau colorée, ça se voit, non ?
Je sortis de **LA TANIÈRE DU CHAT FANTÔME** complètement tourneboulé.
– Je ne savais pas, Stilton, que tu étais un *rongeur rongé* par la peur, dit Épiphane en secouant la tête.
Je compris que je m'étais ridiculisé.

AH, COMME J'AIME LES LIVRES !

Enfin je pus faire sortir Pinky du parc d'attractions, et nous nous précipitâmes à la Foire du livre.

En courant comme un fou, je me dirigeai, haletant, vers mon stand : *scouit*, il ne me restait plus qu'une journée pour traiter mes affaires !

Je trouvai Soury assis à **MON** bureau. Il avait renversé une pleine tasse de café sur **MON** agenda !

– Des éditeurs étrangers sont venus vous demander, ils disaient qu'ils avaient rendez-vous avec vous. J'ai répliqué que

vous aviez sûrement mieux à faire. Je n'ai pas bien compris ce qu'ils ont répondu, mais, à mon avis, c'étaient des insultes... Ils ont même déchiré un contrat.
Tenez, le voici !
J'assemblai les morceaux du contrat et me mordis la queue de **RAGE**.

– Pour signer ce contrat de coédition, j'ai négocié pendant un an !
Soury poursuivit :
– Puis un auteur est venu vous proposer un livre ; mais j'ai répondu que ça ne vous intéressait sûrement pas, que, dorénavant, nous ne publierions plus ces cochonneries, mais seulement de la *Culture* avec un *C* majuscule. Si vous l'aviez vu, il était furieux...

Je m'en arrachai les moustaches de désespoir.

MÉPHISTOPHÉLÈS GRÜNTZ

– C'était Méphistophélès Grüntz ! Un auteur très susceptible, que je venais juste de convaincre de travailler pour la maison d'édition Stilton...
Soury se lissa les moustaches avec nonchalance.

– Et puis... et puis *Moviola Queuefrisée* est passée. C'est une journaliste de *RAT TV*.

– Que lui avez-vous dit ? *m'inquiétai-je, au bord de la crise de nerfs.*

– Ah, si vous saviez ! Que nous n'éditions plus que des livres *Culturels* avec un *C* majuscule, par exemple *Épistémologie archaïque des homonymies ratologiques aléatoires*, ou bien *Ratiocination logarithmique de la dératisation métaphysique*, pour ne pas parler de la *Critique de la raison ratique*.

– Et qu'a répondu Moviola ? demandai-je, au bord de la syncope.

Il soupira.

– Chaperlipopette ! Elle s'est endormie avant la fin de l'interview. Elle a dit qu'elle repasserait à notre stand si elle souffrait d'insomnie. Quelle ignorante ! Et dire que, pour la tenir éveillée, je lui avais offert un café, à mes frais, chaperlipopette !

Je **m'effondrai**.

– Félicitations, vous m'avez tout simplement ruiné… en cinq minutes…

Pinky m'éventa avec un catalogue.

– Eh, **CHEF**, tu t'évanouis ?

À ce moment s'approcha un important agent littéraire. Il désigna l'un de mes livres : *le Mystère de l'œil d'émeraude.*

Je commençai à lui raconter l'histoire :

– Tout a commencé quand ma sœur Téa a découvert le plan bizarre d'un trésor. Téa, mon

cousin Traquenard, mon petit neveu Benjamin et moi, nous décidâmes de partir à la recherche du trésor, à bord d'un brigantin... L'agent était enthousiasmé par mon livre.

– C'est vraiment une belle histoire. Les droits éditoriaux sont-ils libres pour l'étranger ?

Soury lui arracha le livre des mains.

– Ce n'est pas de la *Culture* avec un *C* majuscule ! Croyez-moi, laissez tomber !

J'essayai de le faire taire, mais le mal était fait. L'agent s'en alla en secouant la tête, comme si nous étions des fous furieux.

Je regardai ma montre : *par mille mimolettes*, j'étais en retard !!!

Je me précipitai vers la salle où se tenait un important colloque sur l'édition auquel j'avais été invité.

Je traversai les pavillons bondés où éditeurs, auteurs, illustrateurs, agents littéraires et imprimeurs traitaient leurs affaires. Cependant j'en profitai pour jeter un coup d'œil sur les nouveautés exposées sur les étagères.

Ah, comme j'aime les livres !

J'aime les lire, les feuilleter, les sentir : j'adore l'odeur de l'encre, du papier tout frais imprimé !

Éditeur : quel beau métier ! Je n'en changerais pour rien au monde !

J'arrivai au colloque : je montai sur l'estrade et fis un bref discours.

Tout le monde applaudit très amicalement.

Puis je demandai :

– Y a-t-il des questions ?

Du fond de la salle, quelqu'un hurla :

– Dites-moi donc pourquoi aucun éditeur, aujourd'hui, ne fait de la *Culture* avec un *C* majuscule ?

C'était une voix familière…

Oui, c'était lui, Soury !

Chacun croyait que j'allais répondre courtoisement à cette question.

Imaginez alors les réactions des gens quand je vociférai, exaspéré :

– Ça suffit ! Je me moque de la *Culture* avec un *C* majuscule comme de mon premier poil de moustache !

Un **MURMURE** parcourut le public.

Les autres éditeurs me regardèrent, stupéfaits.

J'entendis chuchoter :

– C'est la dernière fois qu'on l'invite !

– Stilton se comporte d'une manière vraiment honteuse…

LE MANUSCRIT
DE NOSTRARATUS

Je retournai au stand, FURIEUX.

Ah, j'allais lui dire deux mots, à ce Monsieur-Souris-L'Intellectuel-Moi-Je-Sais-Tout...

En posant mon cartable par terre, je renversai celui de Soury. Il en tomba un rouleau de parchemin décoloré par le temps, qui portait un sceau de cire jaune avec la marque d'un morceau de fromage en relief.

Le parchemin se déroula en craquant : c'était le vieux manuscrit auquel Soury faisait sans cesse allusion.

Comme je suis un *rongeur très discret*, je le remis immédiatement en place, mais ne pus m'empêcher de lire les premiers mots :

PROPHÉTIES DE TRÈS HAUT, TRÈS NOBLE ET TRÈS ILLUSTRE RONGEUR NOSTRARATUS, GRAND MAÎTRE DES PRÉDICTIONS...

Nostraratus ?
Grand Maître des Prédictions ?
Mon flair d'éditeur me signalait un best-seller : il fallait absolument que j'en sache davantage sur ce manuscrit.
Sur ces entrefaites, Soury arriva au stand en léchant une glace au café, et je décidai de faire comme si de rien n'était.
– Euh, bonjour Soury ! chicotai-je, en m'efforçant de paraître cordial.

– Humpf ! marmonna-t-il, fâché.

– Euh, où est donc ce manuscrit dont vous me parliez ? Je serais curieux de voir cela... demandai-je, en feignant l'indifférence.

– Humpf, Humpf...

– On ne sait jamais, je pourrais être intéressé par sa publication...

J'avais des fourmis dans les pattes tellement j'avais envie d'examiner le rouleau, mais je ne voulais pas qu'il le comprenne !

– Chaperlipopette, vous, la *Culture* avec un *C* majuscule, vous vous en moquez comme de votre premier poil de moustache... rétorqua Soury, ironique.

Je fis comme si je n'avais pas entendu.

Je poursuivis avec nonchalance :

– Pourtant, j'y jetterais bien un petit coup d'œil...

– Vous voulez tout savoir ? C'est un manuscrit très rare de Nostraratus, le Maître des

Prédictions, mais je viens juste de le proposer à Sally Rasmaussen !

Mes moustaches frémirent.

Sally Rasmaussen ? L'éditrice de *la Gazette du rat* ? Mon **ENNEMIE** numéro un ? Celle qui, depuis vingt ans, attaque *l'Écho du rongeur* par tous les moyens légaux et illégaux ?

Je me promis que jamais Sally n'aurait ce manuscrit.

– Soury, je vous propose une belle avance…

– Sally aussi. Elle a dit qu'elle me verserait une avance sur cent mille exemplaires !

Je réfléchis un moment.

Cent mille exemplaires ?

Est-ce que ça en valait vraiment la peine ?

Ce gros malin comprit que j'hésitais et, pour me convaincre, il sortit le manuscrit et commença à déclamer, d'un TON DRAMATIQUE :

Prophéties du Mage Nostraratus

Prophéties de Très Haut,
Très Noble et Très Illustre
Rongeur Nostraratus,
Grand Maître des Prédictions,
qui prévoit les événements
pour les mille ans qui viennent,
et qui dévoile quand,
comment et pourquoi aura lieu
la fin du Monde...
Ces mystérieuses prophéties ont été
recueillies et écrites en l'an 1558
par Souricy Van Ratten, très humble
et très dévoué secrétaire
de son excellence Nostraratus...

Soury me fit un clin d'œil.

– Chaperlipopette, il a même prévu la date de la fin du monde ! Mais ce n'est pas tout... Je vais vous lire quelques quatrains au hasard, pour vous donner une idée de l'intérêt de ce manuscrit :

Éclipse au ciel et tremblement de terre
Annonceront une très longue guerre :
Des armées de félins arriveront,
Principauté de Sourisia envahiront...

Soury s'interrompit, avec un sourire narquois.

– Intéressant, non ? Ce quatrain prévoit (avec plusieurs siècles d'avance) l'invasion des chats en 1702, qui a bien duré cinquante ans et qui a coïncidé avec une éclipse et un tremblement de terre. Mais Nostraratus a habilement caché la véritable signification de ses prophéties, et, souvent, on ne les comprend pas avant que les événements ne se soient produits. De nombreux quatrains sont encore inexpliqués. Ceux-ci, par exemple :

Malheur à celui qui le Mage
Osera défier,
Car il devra payer
Pour cette grande audace !

Si un jour lévo est le manuscrit,
Aucun éutride plus ne le blupie.
Car les periaps d'Alyls feu brûlera
Et Roi Gnome célèbre deviendra.

Mon cœur battait la chamade.
Ce livre était un trésor !
Je devais à tout prix m'en assurer l'exclusivité !
J'interrompis Soury d'un geste de la patte.
– Je vous offre une avance pour deux cent mille exemplaires !

Il répliqua :

– Sally m'a dit qu'elle me paierait **10 %** de droits d'auteur…

– Euh, cher Soury, je vous offre **11 %**, ou plutôt, j'ai vraiment envie de me ruiner, **12 %**.

Il parut satisfait.

– Voyez-vous, je ne fais pas cela pour l'argent, mais parce que vos livres sont d'un niveau culturel si bas que vous avez vraiment besoin d'un peu de *Culture* avec un *C* majuscule…

Je lui serrai la patte.

– Alors, parole de Noblerat ?

– **MARCHÉ CONCLU !** répondit-il.

vos livres sont d'un niveau culturel si bas…

MAIS QUELLE EST LA DATE ?

J'étais vraiment **satisfait**.
Cette fois, c'est moi qui avais gagné !
Sally Rasmaussen ne mettrait jamais les pattes sur le manuscrit de Nostraratus !
Je prévoyais déjà un tirage record.
Je choisirais une belle couverture de **soie violette**, avec des ornements en or pur.
J'imprimerais le texte sur de précieuses feuilles d'authentique parchemin…
Et pour le titre ?
Facile ! J'intitulerais le livre : *le Mystérieux Manuscrit de Nostraratus.*

J'imaginais un beau caractère gothique, pour créer une atmosphère de magie, inquiétante...

Le Mystérieux Manuscrit de Nostraratus

Je voyais déjà les gros titres des journaux :
LE BEST-SELLER PUBLIÉ PAR LA MAISON D'ÉDITION DE GERONIMO STILTON DÉVOILE LES SECRETS DU MAGE DES PROPHÉTIES !
Au fait, me demandai-je, quelle sera la date de la fin du monde ?
Tandis que je réfléchissais, je remarquai distraitement l'éclair d'un *FLASH :* quelqu'un nous photographiait !

DE L' *Argent* AVEC UN *A* MAJUSCULE

Cependant, Soury bavardait à bâtons rompus, en buvant un café :

– Vous comprenez, cher Stilton, ce manuscrit était dans notre famille depuis des générations, mais c'est moi qui l'ai retrouvé : il était caché dans un tiroir secret du bureau de mon arrière-grand-père. Le Mage Nostraratus avait légué le manuscrit à son secrétaire, Souricy Van Ratten (mon ancêtre), qui l'avait écrit sous sa dictée... Nostraratus avait tout prévu : le couronnement, en 1752, du souverain *Beaufortius IV*, qui rassembla tous les rongeurs de Sourisia sous un seul drapeau... l'invasion, en 1702, du féroce empereur félin

GRIFFATTILA III... Nostraratus avait même prédit **L'ÉRUPTION VOLCANIQUE** qui détruisit en un seul jour la ville de Rongéi (qui, vous ne l'ignorez pas, eut lieu en 1799)... Il avait également annoncé ce qui allait se passer des siècles plus tard, et même la **DATE DE LA FIN DU MONDE !**

Je frissonnai.

– Euh, à propos, quelle est la date de la fin du monde ?

Soury ricana :

– Ah, ça vous intéresse, hein ? Ça intéresse tout le monde, Stilton ! Il se pourrait que ce soit demain, ou après-demain, ou dans trois mille ans…

Je mourais d'envie de lui arracher le manuscrit et de lire la date.

Il m'observa en plissant les yeux.

– Cette date, seuls Nostraratus et mon ancêtre Souricy Van Ratten la connaissaient… Et **MOI** aussi désormais, puisque j'ai lu le manuscrit ! Cette date, seuls les lecteurs qui liront le livre après l'avoir acheté, la connaîtront… **et l'éditeur, quand il m'aura payé l'avance qu'il me doit !**

J'étais **INDIGNÉ**.

– Mais vous disiez pourtant vous intéresser en exclusivité à la *Culture* avec un *C* majuscule ?

Il rétorqua, d'un air rusé :

– La *Culture* avec un *C* majuscule mérite l'*Argent* avec un *A* majuscule !

IL SE POURRAIT QUE CE SOIT DEMAIN, OU APRÈS-DEMAIN, OU DANS TROIS MILLE ANS...

AU FEU,
AU FEU !

À ce moment, j'entendis crier :

— **AU FEU, AU FEU !**

Tout le monde se dirigea en courant vers les issues de secours, Soury le premier. On entendit les sirènes des camions de pompier, et les installations anti-incendie nous douchèrent copieusement.

Au bout d'une demi-heure, les haut-parleurs annoncèrent que c'était une fausse alerte, et les couloirs de la Foire se remplirent de rongeurs qui commentaient ce curieux incident.

De retour au stand, une pensée me **FOUDROYA** : et le manuscrit ?

– **LE MANUSCRIT !** couinai-je, anxieux. Où est-il, Soury ? Qu'en avez-vous fait ?

Il pâlit.

– Chaperlipopette, il était là, sur le bureau, quand nous sommes partis, mais tout s'est déroulé si rapidement…

Je me mis à fouiller partout.

– Il n'est pas dans le tiroir. Là non plus. Il a DISPARU !

Soury poussa un hurlement tragique (si fort que tout le monde, dans les stands voisins, se retourna pour nous regarder) :

– Chaperlipopette, il a disparu ! Le manuscrit a été volé ! Oh, vite, un triple café ou je vais me sentir mal !

Je réfléchissais : derrière tout cela, n'y avait-il pas la patte de Sally Rasmaussen ?

… n'y avait-il pas la patte de Sally Rasmaussen ?

DES CHOCOLATS
AU FROMAGE

Sur ces entrefaites arriva Pinky, qui avait entendu le hurlement de Soury à l'autre bout du salon.

Je lui racontai tout. Elle me rassura.

– Je m'en occupe, **CHEF** !

Elle sortit une loupe de son sac à dos et examina le plancher du stand.

En même temps, je lui expliquai que quelqu'un nous avait photographiés, Soury et moi, pendant que nous parlions du manuscrit.

Soudain Pinky poussa un cri perçant et me montra un petit papier doré.

– C'est un emballage de chocolat au fromage !
s'exclama-t-elle en le reniflant. De la marque
Mon Souris de Rathero !
Puis elle alla examiner l'allée devant le stand. Je
vis qu'elle se baissait vers le sol : avait-elle
trouvé une trace ? Elle tourna au coin puis
revint, triomphante, en brandissant une poignée
de papiers dorés.
– Et voilà, **CHEF** : quelqu'un vous espionnait
derrière la paroi en grignotant des chocolats. Le
rongeur qui a volé le manuscrit doit être très
GOURMAND ! À mon avis, l'alarme
d'incendie a été déclenchée exprès par le voleur
(Sally ?) pour provoquer la PANIQUE
et vous éloigner d'ici !
Elle proposa d'aller incognito chercher des
informations à *la Gazette*.
Nous retournâmes sur-le-champ à Sourisia.

AH,
QUELS CAUCHEMARS !

J'avais beau être de retour chez moi, je dormis **très mal** cette nuit-là. Je rêvai au laboratoire de Nostraratus : le Mage m'arrachait le manuscrit des pattes, sous prétexte que je n'étais pas digne de le publier, car je ne faisais pas de la *Culture* avec un *C* majuscule...

Le matin, je sortis pour prendre mon petit déjeuner. J'allais tremper *un croissant au fromage* dans mon café crème... lorsque parut une souris que, à première vue, je ne reconnus pas.

Elle s'écria :

– **CHEF ! CHEEEF !** et elle parada, satisfaite : Pas mal non, **CHEF** ? Tu ne m'avais pas reconnue, hein ?

Je rêvai au laboratoire de Nostraratus…

Je la dévisageai. Elle s'était teint des mèches en fluo : orange, rouge, violet, vert, bleu. Dans une oreille, elle avait un tatouage tribal représentant un chat qui étire ses griffes. Elle portait un pantalon taille basse, pour dévoiler son nombril. Elle avait un tee-shirt en TISSU TECHNO, avec une tête de chat brodée : quand on chatouillait les moustaches du chat, on entendait un miaulement coléreux. Par-dessus, elle avait un gilet en fausse fourrure de chat rose fluo. Et elle ne portait plus son éternel sac à dos, mais un petit sac en peau de python.

   – Je suis habillée en *cool hunter,* en chasseuse de tendances ! Comme ça, Sally Rasmaussen ne me reconnaîtra pas. À propos, tu sais la dernière ? Sally a dû retirer du commerce et faire réimprimer un million d'exemplaires de son journal :

ils avaient imprimé une page à l'envers...
Bizarre !!!

Puis Pinky partit en quête d'informations à *la Gazette du rat*.

Je l'attendis au bureau. Pour tromper ma nervosité, je cherchai des informations sur Internet :

Nostraratus (1503–1566)

Médecin et astrologue, célèbre pour ses prophéties énigmatiques, recueillies dans ses 966 Centuries astrologiques. Ces prophéties annonçaient tous les événements futurs jusqu'à la fin du monde. Mais elles étaient si mystérieuses que, souvent, on ne les comprenait qu'après l'événement. Le manuscrit des prophéties a disparu sans laisser de trace.

Six croissants
au Saint-Nectaire

Pinky ne revint pas avant l'après-midi.

– **CHEF**, à *la Gazette du rat*, les égouts ont explosé *(bizarre !!!)* et les bureaux ont été inondés, je ne te raconte pas l'ODEUR ! En plus, tous les ORDINATEURS ont planté ! *Bizarre !!!* En tout cas, c'est bien Sally qui a le manuscrit : elle va le publier.

Soury hurla :

– Chaperlipopette, ma nièce, voilà ce que j'appelle une *Information* avec un *I* majuscule !

Je m'arrachai les moustaches de désespoir.

Dire que mon best-seller était dans les mains de Sally…

Nous décidâmes d'aller tous les trois protester à *la Gazette du rat* le lendemain. Cette nuit-là encore, je ne pus fermer l'œil : je connaissais Sally depuis la maternelle, et, à l'époque, nous nous disputions déjà.

Elle passait son temps à me jouer de méchants tours, elle me tirait la queue, me volait mes crayons de couleur et allait cafarder auprès de la maîtresse. Toute petite déjà, c'était une vraie **PESTE** !

Puis il sembla que nos chemins se séparaient. Mais, quand mon grand-père, Honoré Tourneboulé, me légua par testament la direction de *l'Écho du rongeur* installé au 13, rue des Raviolis, elle ouvrit *la Gazette du rat* juste en face, au 14, rue des Raviolis !

Les années n'avaient pas changé Sally. Elle était tyrannique, elle voulait gagner à tout prix !

Le lendemain matin, à huit heures pile, Pinky et

moi nous rendîmes à *la Gazette*. Soury aurait dû nous accompagner, mais, comme toujours, il était en retard, et nous y allâmes sans lui.

Alors que nous sortions, le concierge nous raconta que, la veille, une gouttière s'était décrochée et était tombée à quelques centimètres de Sally. En plus, elle s'était fracturé la patte en se la coinçant dans une bouche d'égout...

Bizarre !!!

J'entrai à *la Gazette*.

– Puis-je voir madame Rasmaussen ? demandai-je poliment.

La secrétaire **SECOUA** la tête.

– Non. Madame Rasmaussen est en réunion.

Je jetai un coup d'œil sur une porte vitrée et vis Sally, entourée de ses collaborateurs, qui brandissait un manuscrit avec satisfaction.

– Ne vous dérangez pas, je vais m'annoncer moi-même ! couinai-je, et Pinky et moi entrâmes en ouvrant tout grand la porte.

je vis Sally, entourée de ses collaborateurs

Un SOURIRE de triomphe se dessina sur le museau de Sally. Puis elle demanda, d'un ton impatient, en lissant de la patte une mèche de son pelage blond platine :

– Et alors, Stilton ? Et alors ??? *Et alors ???*

Sally arborait (comme toujours) DES ONGLES VERNIS EN VIOLET et portait (comme toujours) une robe pastel à la dernière mode.

Elle plissa ses yeux couleur glaçon, ses ongles vernis tambourinèrent sur le bord du bureau…

C'est alors que le barman surgit, haletant.

– Voici votre petit déjeuner, madame Rasmaussen ! dit-il en apportant six croissants au **SAINT-NECTAIRE**, trois parts de tarte au chèvre, huit tartelettes au **maroilles**, un toast au **ROQUEFORT** coulant et un

Sally Rasmaussen

litre de milk-shake à la crème surette.
Sally est connue pour son avarice : elle lui ar-
racha le plateau des pattes.
– Pourquoi restes-tu planté là, *alors ???*
Qu'attends-tu ? Un pourboire ? Gros naïf ! Allez,
ouste, *alors*, tu ne vois pas que je travaille ?

Sally ne fit qu'une bouchée des croissants,
de la tarte, des tartelettes et du toast.

Je m'éclaircis la voix :
– Euh, Sally, je sais que tu t'es approprié un
manuscrit ancien…
Sally ricana :
– Vraiment, Stilton ? *Et alors !!!*
Je poursuivis :
– Son propriétaire légitime, Soury Van Ratten,
a conclu un accord avec moi et m'a cédé les
droits exclusifs de publication. Aussi… rends-
moi ce manuscrit, Sally. IL NE T'APPAR-
TIENT PAS !

ALORS LÀ, TU ES VRAIMENT NAÏF !

SALLY SOURIT PERFIDEMENT.

– *Alors là,* pas question de te rendre le manuscrit ! Je savais que tu étais naïf, Stilton, mais pas à ce point, *alors là... Alors là !!!!*

– Tu refuses de me rendre le manuscrit ?

– Bien sûr, *alors !!!* répondit-elle en serrant le rouleau dans son poing avec un air de défi.

Je chicotai :

– Ce n'est pas correct, Sally.

Elle éclata de rire.

– Stilton, qu'as-tu dans la tête à la place du cerveau ? Des croquettes pour chat ???

Puis son regard se fit glacial.

– Le monde appartient aux malins, *non mais alors...*

Je soupirai.

– Tu le regretteras tôt ou tard, Sally. Ce n'est qu'une question de temps.

Elle agita le rouleau de parchemin sous mon museau.

– Stilton, si tu veux le manuscrit, viens donc le chercher, *alors !!!*

Pinky, qui se tenait derrière moi, jaillit et sauta sur elle en criant :

– TU VAS VOIR COMMENT ON VIENT LE CHERCHER ! C'EST À NOUS ! BAS LES PATTES !

Sally ricana :

– *Et alors* ! Stilton, tu fais appel à une gamine, maintenant, pour te défendre ?

Puis elle s'adressa à Pinky :

– Sors tes griffes, ma choute ! À nous deux !

Sally tirait le manuscrit d'un côté, Pinky de l'autre.

– Attention ! criai-je.

Le parchemin se déchira avec un bruit sec,

CRRRrRRRRRR !

Sally et Pinky tombèrent à la renverse sur leur queue.

D'un bond, Pinky se remit sur ses pattes, mais, dans sa chute, Sally entraîna un chandelier en or, qui roula jusqu'à la fenêtre et mit le feu aux rideaux.

À cet instant précis, la porte s'ouvrit et Soury entra. Dès qu'il aperçut les flammes, il s'écria :

– Chaperlipopette ! Ça, c'est un *Incendie* avec un *I* majuscule !

Il fit aussitôt *DEMI-TOUR*, mais il se prit les pattes dans la queue de Sally et tomba, sa tête allant heurter une table en verre. Il se releva en chancelant… Dans les couloirs, un cri résonna :

**AU FEU !
AU FEU !**

Tout le monde se retrouva à l'extérieur, rue des Raviolis, devant les bureaux de *la Gazette du rat* qui flambaient de fond en comble.

– Et le manuscrit ? demandai-je.

Pinky me montra un fragment de parchemin.

– C'est tout ce qu'il en reste. Pas plus que quelques mots :

PROPHÉTIES DE TRÈS HAUT, TRÈS NOBLE ET TRÈS ILLUSTRE RONGEUR NOSTRARATUS, GRAND MAÎTRE DES PRÉDICTIONS…

À ce moment, j'entendis crier :

– Où est Sally ? Où est Sally Rasmaussen ?

QUEL RONGEUR
COURAGEUX !

Je compris que Sally était restée à l'intérieur.

– Qu'est-ce qu'on fait ? se demandaient ses collaborateurs.

Mais personne ne paraissait décidé à aller la chercher dans l'immeuble en flammes. Sally était très riche, mais elle n'était pas très aimée…

Je pris ma décision en un éclair.

– Moi, j'y vais !

Je plongeai mon mouchoir dans un seau d'eau, le nouai autour de mon museau pour me protéger de la *fumée*, et je me jetai dans le brasier.

J'entendis crier dans mon dos le chef des pompiers qui m'ordonnait d'arrêter, mais il était trop tard ! J'étais déjà entré.

La chaleur était infernale. Des *morceaux* de poutres enflammés tombaient autour de moi, tandis que je cherchais en haletant à gagner le premier étage, où se trouvait le bureau de Sally. J'atteignis enfin l'escalier.

Je montai les marches quatre à quatre, en priant pour qu'elles ne *s'écroulent* pas sous mes pas.

Au travers de la fumée, j'entrevis une porte vitrée, je pris la poignée à pleine patte et poussai un *scouit* de douleur : elle était brûlante !

Enfin je découvris Sally : elle gisait par terre, inanimée. Je la soulevai (par mille mimolettes, qu'est-ce qu'elle était lourde !), la chargeai sur mon dos et décampai.

Je ne sais comment je parvins à redescendre les escaliers avec Sally sur le dos ; ce ne fut peut-être que la force du désespoir. Quand, finalement, je sortis de l'immeuble en flammes, la foule m'entoura aussitôt.

Ce ne fut peut-être que la force du désespoir…

– *Ce rongeur sans peur* est un héros ! cria le chef des pompiers.

Un photographe prenait des photos en rafale. Tout le monde répétait :

– *Quel rongeur courageux !*

Je suis timide et je n'aime pas me mettre en avant, raison pour laquelle je couinai :

– Euh ! je n'ai rien fait d'extraordinaire !

C'est alors que Sally ouvrit les yeux et dit :

– Stilton ? Stilton, *et alors,* pourquoi m'as-tu sauvé la vie ? *Et alors,* tu as voulu jouer au *HÉROS* ?

Je secouai la tête.

– Je n'ai fait que ce que me dictait ma conscience, Sally. Et je suis heureux que tu sois saine et sauve… C'est tout ce qui compte !

Elle me fixa longuement de ses yeux couleur glaçon. Pendant un instant, un bref instant, il me sembla qu'elle était émue et qu'elle allait me remercier.

Mais elle se souleva de la civière où on l'avait couchée et brandit le poing en hurlant :

– Je n'en reviens pas ! Héros de quatre sous, tout ce que tu cherchais, c'était à te faire de la publicité, à te retrouver à la une du journal, *ça alors !!!* Mais on ne parlera pas de toi dans mon journal, Stilton, je te le garantis ! Pas une ligne !

On l'emporta sur la civière, mais elle continuait de couiner, furibonde :

– On ne parlera pas de toi dans mon journal, *non mais alors !!!* Pas un mot ! *Ça alors !!! Ça alors !!! Ça alors !!!*

Je soupirai. Pauvre Sally. Elle n'avait pas compris qu'elle n'avait plus de journal…

Mais alors !!! non mais alors, non mais dans mon journal ! On ne parlera pas de toi Pas un mot ! ça alors !!! ça alors !!! ça alors !!!

ENFIN,
J'AI COMPRIS !

Le lendemain matin, en me rendant au bureau, je découvris que mon museau roussi par le feu faisait la une des faits divers :

« UN COURAGEUX RONGEUR ÉDITEUR SAUVE SA RIVALE D'UN INCENDIE ! »

Le héros Geronimo Stilton…

« GERONIMO STILTON SE JETTE DANS LES FLAMMES AU MÉPRIS DU DANGER POUR SAUVER SALLY RASMAUSSEN… »

« LE NOUVEAU HÉROS DE L'ÎLE DES SOURIS : GERONIMO STILTON, L'ÉDITEUR AU GRAND CŒUR… »

En commentant l'incendie, les journaux rappelaient toutes les catastrophes qui s'étaient récemment abattues sur *la Gazette du rat* :

1 – un million d'exemplaires du journal avaient été imprimés à l'envers…

2 – les égouts avaient explosé…

3 – tous les ordinateurs avaient planté…

4 – une gouttière était tombée sur la luxueuse limousine de Sally…

5 – et l'avait complètement écrabouillée…

6 – enfin *la Gazette* avait pris **FEU**…

On aurait vraiment dit qu'une malédiction pesait sur Sally depuis le moment où elle avait volé le manuscrit de Nostraratus.

Cela faisait bien des malheurs ! *Bizarre !!!*

Le mot « malheur » me rappela quelque chose.

Soudain je repensai à ces incompréhensibles quatrains : c'est maintenant seulement que je comprenais ce qu'il voulait dire !

Vous avez compris vous aussi ? Essayez !

(Sinon, lisez la solution en retournant le livre.)

MALHEUR À CELUI QUI LE MAGE
OSERA DÉFIER,
CAR IL DEVRA PAYER
POUR CETTE GRANDE AUDACE !

SI UN JOUR <u>LÉVO</u> EST LE MANUSCRIT,
AUCUN <u>ÉUTRIDE</u> PLUS NE LE <u>BLUPIE</u>.
CAR LES <u>PERIAPS</u> D'<u>ALYLS</u> FEU BRÛLERA
ET <u>ROI GNOME</u> CÉLÈBRE DEVIENDRA.

Solution :

Chaque mot souligné est une anagramme ; cela veut dire que, en mélangeant les lettres de ces mots, on en obtient un autre :

LÉVO = VOLÉ

ÉUTRIDE = ÉDITEUR

BLUPIE = PUBLIE

PERIAPS = PAPIERS

ALYLS = SALLY

ROI GNOME = GERONIMO

Et voici le quatrain déchiffré :

SI UN JOUR VOLÉ EST LE MANUSCRIT,

AUCUN ÉDITEUR PLUS NE LE PUBLIE.

CAR LES PAPIERS DE SALLY FEU BRÛLERA

ET GERONIMO CÉLÈBRE DEVIENDRA.

J'ADORE
LA SOLITUDE...

Je réfléchissais encore au sens de ce quatrain quand Soury entra dans mon bureau.

Salut, stilton, j'avais promis de vous aider à relever le niveau culturel de cette maison d'édition, et me voici. Au fait, je m'installe où ? Je crois que ce bureau m'ira très bien, ah, c'est votre bureau, ce n'est pas grave, ça fera quand même l'affaire, vous le libérez quand ? À propos, **OÙ SE TROUVE LA MACHINE À CAFÉ ?**

– Ah oui, justement, puis-je vous offrir un café ? le coupai-je, en essayant de changer de sujet.

Puis je demandai, curieux :

– Je sais bien que le manuscrit a brûlé, mais, comme vous l'avez lu, vous pourriez peut-être me dire la date de la fin du monde ?

Il me regarda, surpris.

– La date ? Quelle date ?

– Mais vous savez bien, la **DATE DE LA FIN DU MONDE**, celle du manuscrit !
insistai-je avec un sourire entendu.

Il secoua la tête, perplexe.

– Le manuscrit ?

– Celui de Nostraratus ! *Quel manuscrit ?* Le manuscrit de
Nostraratus ! criai-je, exaspéré.

Il secoua encore la tête.

– Nostraratus ? Quel Nostraratus ?

Pinky entra à ce moment-là.

– Salut, tonton !

Elle poursuivit en s'adressant à moi :

– **CHEF**, je ne t'ai pas dit que, après le coup
qu'il a reçu sur la tête, Soury a tout oublié du
manuscrit ?

Soury hurla :

– Calmez-vous, Stilton, je n'ai oublié que ça.
Tout le reste, je l'ai là, sur le bout de la langue !
Alors, par où commençons-nous pour faire de
vous un *Éditeur* avec un *É* majuscule ?
Je saisis l'occasion pour faire une annonce of-
ficielle à toute la rédaction :
– Je vais écrire un livre intitulé *le Mystérieux
Manuscrit de Nostraratus*. Je raconterai toute
notre aventure, du voyage à Roquefort au vol
du manuscrit jusqu'à l'incendie de *la
Gazette*…
Tout le monde applaudit. Soury commenta :
– Chaperlipopette, quelle belle idée, Stilton !

Vous allez peut-être
(enfin) devenir un *Écrivain*
avec un *É* majuscule !
Je décidai d'aller écrire dans ma
maison des montagnes Rateuses
et confiai le bureau à Pinky. Elle
me rassura :
– Je m'occupe de tout, **CHEF** ! Le
CONSEILLER FINANCIER GLOBAL veillera sur
tes affaires. Quant à toi, tu ne dois te soucier
que d'écrire, **CHEF** !
Je passai un mois de rêve, entouré de mes
amis les livres. J'adore la solitude, j'aime
rêvasser à des histoires, à des personnages, à
des intrigues. J'écrivais de l'aube au coucher.
Je suis toujours heureux quand j'écris ! J'eus
même le temps de réfléchir au fait qu'il y a
vraiment une justice dans la vie. Oui, ce ne
sont pas toujours les méchants qui gagnent.

Enfin, je terminai mon livre.

UNE ODEUR
DE PARMESAN

Je retournai en ville.

Je retournai à Sourisia.

Avant toute chose, je me rendis à la maison d'édition.

En entrant dans les bureaux de l'administration, je tombai sur une **PETITE SOURIS** à grosses lunettes, qui avait plus ou moins treize ans, et qui trônait **SOLENNELLEMENT** derrière sa table. Je crus que c'était un ami de Pinky.

– Salut, que fais-tu ici ? demandai-je cordialement.

Il couina :

– Bonjour, monsieur Stilton ! Je m'appelle Prosper Finanz.

Prosper Finanz

J'aurais deux ou trois petites questions à vous poser sur votre situation fiscale…
J'écarquillai les yeux.
– Quoi quoi quoi ?

PINKYYYYYYYYY !

Elle arriva, rapide comme la foudre.
Je lui demandai, inquiet :
– J'espère avoir mal compris. Ne me dis pas que c'est là ton CONSEILLER FINANCIER GLOBAL !
Elle eut un petit sourire satisfait.
– **Tu as parfaitement compris, CHEF**. C'est un CONSEILLER GLOBAL ! Cela veut dire qu'il

de l'administration, de ta déclaration de revenus, de tes investissements boursiers…

s'occupe de tout : de l'administration, de ta déclaration de revenus, de tes investissements boursiers...

Je m'évanouis. Pinky me RANIMA en me faisant respirer des sels parfumés au parmesan.

Je murmurai :

– Dites-moi que je rêve. Dites-moi que ce n'est qu'un cauchemar, le plus horrible cauchemar qu'un éditeur puisse imaginer...

Dites-moi que ce n'est qu'un cauchemar...

Mais il me suffit d'examiner la comptabilité pour changer d'avis : Prosper Finanz était un **petit génie**.

Il avait placé tout mon patrimoine dans les actions d'une nouvelle société qui vendait des fromages sur **Internet**. Il m'avait fait gagner plus de 300 % de mon placement !

Pinky murmura :

– Je te conseille de l'engager tout de suite, **CHEF**, avant que quelqu'un d'autre n'y pense, par exemple Sally Rasmaussen…

À propos de Sally : dès sa sortie de l'hôpital, sans perdre de temps, elle avait fondé une nouvelle *Gazette*.

Je regardai par la fenêtre et soupirai : au 14 de la rue des Raviolis, les travaux de construction de *la Gazette* ÉTAIENT BIEN AVANCÉS.

Mais, pour économiser, au lieu d'engager des

maçons, Sally forçait ses employés à travailler comme des esclaves à la reconstruction de l'immeuble, avec des salaires de misère et à un rythme **CAUCHEMAR-DESQUE...**

J'ADORE
LE FROMAGE !

Je serrai la patte de **Prosper Finanz** et le félicitai.
Je quittai l'administration et me dirigeai enfin
vers *mon* bureau. J'entrai et découvris Soury
assis à *ma* table. Il hurlait des ordres dans *mon*
téléphone, à *ma* secrétaire…
– Salut, Stilton ! Pendant votre absence, j'ai
écrit et publié : *Sémiotique protozoïque des
métamorphoses sourisoïdales ou Cosmogonie
cryptique de la constipation.*
– Mais qu'est-ce que c'est que ce titre ? Je n'y
comprends rien ! protestai-je.
Il poursuivit, imperturbable :
– J'ai également publié un manuel : *J'élève
mon chat : races, habitudes, alimentation.*

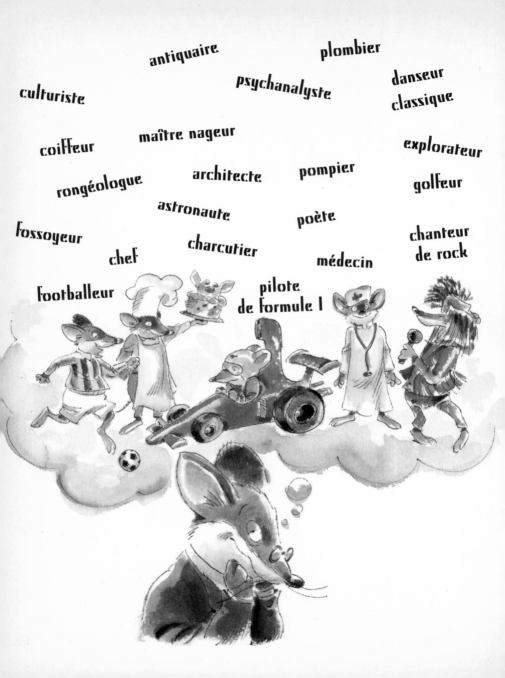

– Mais vous connaissez des rongeurs qui ont envie d'élever un chat ! criai-je **EN M'ARRACHANT LES MOUSTACHES DE COLÈRE.**

Il croqua un bonbon au café et enchaîna :

– Je songe à un autre titre exceptionnel : *Autobiographie d'un génie* (l'histoire de ma vie). Ça vous plaît, Stilton ? Hein ? Vous êtes content ?

Le proverbe a bien raison qui dit : *Quand le chef n'est pas là, les souris dansent !*

Je me consolai en pensant qu'il y avait beaucoup de métiers intéressants, en dehors d'éditeur.

Par exemple, goûteur de fromages...

N° *1*

DES VENTES

Vous voulez connaître la fin ?

SIX MOIS SE SONT ÉCOULÉS.

J'ai continué (naturellement) mon métier d'éditeur. *La Gazette* (naturellement) a recommencé à faire la guerre à *l'Écho du rongeur*.

Bref, tout était redevenu comme avant.

Tout ou presque… Vous voulez savoir la nouvelle ?

Le Mystérieux Manuscrit de Nostraratus a connu un succès **Phénoménal** : il est déjà en tête des ventes à Sourisia !

Au fait, c'est le livre que vous êtes en train de lire en ce moment… Il vous plaît ? Je l'espère.

Je vais vous confier un _{secret} (mais il faut que ça reste entre nous !).

Je réfléchis déjà à mon prochain livre.

Tout ce que je peux vous dire, c'est qu'il y sera question de pyramides, d'anciennes civilisations disparues, de l'Atlantide, du Shangri-la, de l'El-dorado…

J'ai commencé à me documenter et je suis pressé de me mettre au travail.

Alors, chers amis ron-geurs, au revoir et au pro-chain livre : un livre signé Stilton, naturellement !

Scouittt !

TABLE DES MATIÈRES

Geronimo Stilton

DANS LA MÊME COLLECTION

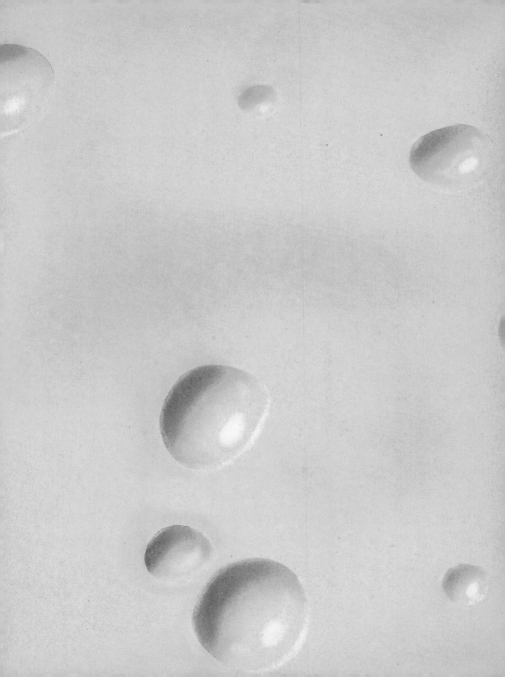

Sourisia, la ville des Souris

1. Zone industrielle de Sourisia
2. Usine de fromages
3. Aéroport
4. Télévision et radio
5. Marché aux fromages
6. Marché aux poissons
7. Hôtel de ville
8. Château de Snobinailles
9. Sept collines de Sourisia
10. Gare
11. Centre commercial
12. Cinéma
13. Gymnase
14. Salle de concert
15. Place de la Pierre-qui-Chante
16. Théâtre Tortillon
17. Grand Hôtel
18. Hôpital
19. Jardin botanique
20. Bazar des Puces-qui-Boitent
21. Parking
22. Musée d'art moderne
23. Université et bibliothèque
24. La Gazette du Rat
25. L'Écho du Rongeur
26. Maison de Traquenard
27. Quartier de la mode
28. Restaurant du Fromage d'Or
29. Centre pour la Protection de la mer et de l'environnement
30. Capitainerie du port
31. Stade
32. Terrain de golf
33. Piscine
34. Tennis
35. Parc d'attractions
36. Maison de Geronimo Stilton
37. Quartier des antiquaires
38. Librairie
39. Chantiers navals
40. Maison de Téa
41. Port
42. Phare

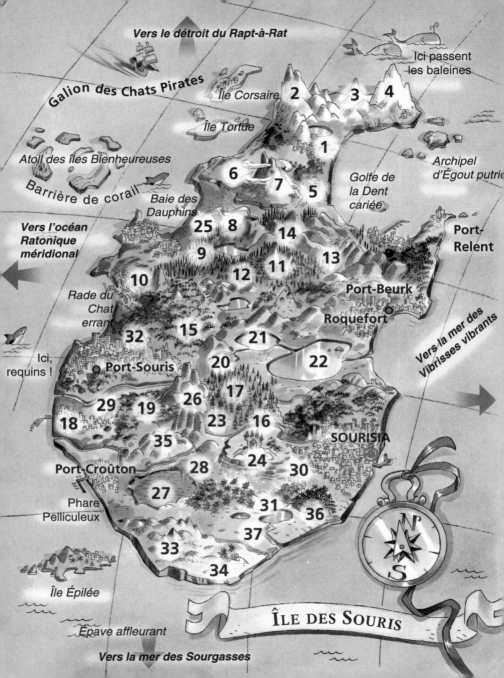

Île des Souris

1. Grand Lac de glace
2. Pic de la Fourrure gelée
3. Pic du Tienvoiladéglaçons
4. Pic du Chteracontpacequilfaifroid
5. Sourikistan
6. Transourisie
7. Pic du Vampire
8. Volcan Souricifer
9. Lac de Soufre
10. Col du Chat Las
11. Pic du Putois
12. Forêt-Obscure
13. Vallée des Vampires vaniteux
14. Pic du Frisson
15. Col de la Ligne d'Ombre
16. Castel Radin
17. Parc national pour la défense de la nature
18. Las Ratayas Marinas
19. Forêt des Fossiles
20. Lac Lac
21. Lac Lac Lac
22. Lac Laclaclac
23. Roc Beaufort
24. Château de Moustimiaou
25. Vallée des Séquoias géants
26. Fontaine de Fondue
27. Marais sulfureux
28. Geyser
29. Vallée des Rats
30. Vallée Radégoûtante
31. Marais des Moustiques
32. Castel Comté
33. Désert du Souhara
34. Oasis du Chameau crachoteur
35. Pointe Cabochon
36. Jungle-Noire
37. Rio Mosquito

Au revoir, chers amis rongeurs, et à bientôt
pour de nouvelles aventures.
Des aventures au poil, parole de Stilton, de...

Geronimo Stilton